輪迴

徐訏

徐訏文集

新詩卷

導言　徬徨覺醒：徐訏的文學道路

陳智德

「個人的苦悶不安，徬徨無依之感，正如在大海狂濤中的小舟。」[1]

——徐訏〈新個性主義文藝與大眾文藝〉

在二十世紀四、五十年代之交，度過戰亂，再處身國共內戰意識形態對立夾縫之間的作家，應自覺到一個時代的轉折在等候著，尤其在當時主流的左翼文壇以外，被視為「自由主義作家」或「小資產階級作家」的一群，包括沈從文、蕭乾、梁實秋、張愛玲、徐訏等等，一整代人在政治旋渦以至個人處境的去與留之間徘徊，最終作出各種自願或不由自主的抉擇。

1 徐訏〈新個性主義文藝與大眾文藝〉，收錄於《現代中國文學過眼錄》，台北：時報文化，一九九一。

一

一九四六年八月，徐訏結束接近兩年間《掃蕩報》駐美特派員的工作，從美國返回中國，直至一九五〇年中離開上海奔赴香港，在這接近四年的歲月中，他雖然沒有寫出像《鬼戀》和《風蕭蕭》這樣轟動一時的作品，卻是他整理和再版個人著作的豐收期，他首先把《風蕭蕭》交給由劉以鬯及其兄長新近創辦起來的懷正文化社出版，據劉以鬯回憶，該書出版後，「相當暢銷，不足一年，（從一九四六年十月一日到一九四七年九月一日），印了三版」[2]，其後再由懷正文化社或夜窗書屋初版或再版了《阿剌伯海的女神》（一九四六年初版）、《烟圈》（一九四六年初版）、《蛇衣集》（一九四八年初版）、《幻覺》（一九四八年初版）、《四十詩綜》（一九四八年初版）、《兄弟》（一九四七年再版）、《母親的肖像》（一九四七年再版）、《生與死》（一九四七年再版）、《春韮集》（一九四七年再版）、《一家》（一九四七年再版）、《海外的鱗爪》（一九四七年再版）、《舊神》（一九四七年再版）、《成人的童話》（一九四七年再版）、《西流集》（一九四七年再版）、潮來的時候（一九四八年再版）、《黃浦江頭的夜月》（一九四八年再版）、《吉布賽的誘惑》（一九四九再版）、《婚事》（一九四九年再版）[3]，粗略統計從一九四六年至一九四九年這三年間，徐訏在上海出版和再版的著作達三十多種，成果

2 劉以鬯〈憶徐訏〉，收錄於《徐訏紀念文集》，香港：香港浸會學院中國語文學會，一九八一。

3 以上各書之初版及再版年份資料是據賈植芳、俞元桂主編《中國現代文學總書目》、北京圖書館編《民國時期總書目，一九一一－一九四九》。

可算豐盛。

《風蕭蕭》早於一九四三年在重慶《掃蕩報》連載時已深受讀者歡迎，一九四六年首次結集成單行本出版，沈寂的回憶提及當時讀者對這書的期待：「這部長篇在內地早已是暢銷一時的名著，可是淪陷區的讀者還是難得一見，也是早已企盼的文學作品」[4]，當劉以鬯及其兄長創辦懷正文化社，就以《風蕭蕭》為首部出版物，十分重視這書，該社創辦時發給同業的信上，即頗為詳細地介紹《風蕭蕭》，作為重點出版物。徐訏有一段時期寄住在懷正文化社的宿舍，與社內職員及其他作家過從甚密，直至一九四八年間，國共內戰愈轉劇烈，幣值急跌，金融陷於崩潰，不單懷正文化社結束業務，其他出版社也無法生存，徐訏這階段整理和再版個人著作的工作，無法避免遭遇現實上的挫折。

然而更內在的打擊是一九四八至四九年間，主流左翼文論對被視為「自由主義作家」或「小資產階級作家」的批判，一九四八年三月，郭沫若在香港出版的《大眾文藝叢刊》第一輯發表〈斥反動文藝〉，把他心目中的「反動作家」分為「紅黃藍白黑」五種逐一批判，點名批評了沈從文、蕭乾和朱光潛。該刊同期另有邵荃麟〈對於當前文藝運動的意見——檢討·批判·和今後的方向〉一文重申對知識份子更嚴厲的要求，包括「思想改造」。雖然徐訏不像沈從文般受到即時的打擊，但也逐漸意識到主流文壇已難以容納他，如沈寂所言：「自後，上海一些左傾的報紙開始對他批評。他無動於衷，直至解放，輿論對他公開指責。稱《風蕭蕭》歌頌特務。他也不辯論，知道自己不可能再在上海逗留，上海也不會再允許他曾從事一輩子的寫作，就捨別妻女，

[4] 沈寂〈百年人生風雨路——記徐訏〉，收錄於《徐訏先生誕辰100週年紀念文選》，上海：上海社會科學院出版社，二〇〇八。

離開上海到香港。」[5]一九四九年五月二十七日，解放軍攻克上海，中共成立新的上海市人民政府，徐訏仍留在上海，差不多一年後，終於不得不結束這階段的工作，在不自願的情況下離開，從此一去不返。

二

一九五〇年的五、六月間，徐訏離開上海來到香港。由於內地政局的變化，其時香港聚集了大批從內地到港的作家，他們最初都以香港為暫居地，但隨著兩岸局勢進一步變化，他們大部份最終定居香港。另一方面，美蘇兩大陣營冷戰局勢下的意識形態對壘，造就五十年代香港文化刊物興盛的局面，內地作家亦得以繼續在香港發表作品。徐訏的寫作以小說和新詩為主，來港後亦寫作了大量雜文和文藝評論，五十年代中期，他以「東方既白」為筆名，在香港《祖國月刊》及台灣《自由中國》等雜誌發表〈從毛澤東的沁園春說起〉、〈新個性主義文藝與大眾文藝〉、〈在陰黯矛盾中演變的大陸文藝〉等評論文章，部份收錄於《在文藝思想與文化政策中》、《回到個人主義與自由主義》及《現代中國文學過眼錄》等書中。

徐訏在這系列文章中，回顧也提出左翼文論的不足，特別對左翼文論的「黨性」提出質疑，也不同意左翼文論要求知識份子作思想改造。這系列文章在某程度上，可說回應了一九四八、四九年間中國大陸左翼文論的泛政治化觀點，更重要的，是徐訏在多篇文章中，以自由主義文藝的

5 沈寂〈百年人生風雨路——記徐訏〉，收錄於《徐訏先生誕辰100週年紀念文選》，上海：上海社會科學院出版社，二〇〇八。

觀念為基礎，提出「新個性主義文藝」作為他所期許的文學理念，他說：「新個性主義文藝必須在文藝絕對自由中提倡，要作家看重自己的工作，對自己的人格尊嚴有覺醒而不願為任何力量做奴隸的意識中生長。」[6]徐訏文藝生命的本質是小說家、詩人，理論鋪陳本不是他強項，然而經歷時代的洗禮，他也竭力整理各種思想，最終仍見頗為完整而具體地，提出獨立的文學理念，尤其把這系列文章放諸冷戰時期左右翼意識形態對立、作家的獨立尊嚴飽受侵蝕的時代，更見徐訏提出的「新個性主義文藝」所倡導的獨立、自主和覺醒的可貴，以及其得來不易。

《現代中國文學過眼錄》一書除了選錄五十年代中期發表的文藝評論，包括《在文藝思想與文化政策中》和《回到個人主義與自由主義》二書中的文章，也收錄一輯相信是他七十年代寫成的回顧五四運動以來新文學發展的文章，集中在思想方面提出討論，題為「現代中國文學的課題」，多篇文章的論述重心，正如王宏志所論，是「否定政治對文學的干預」[7]，而當中表面上是「非政治」的文學史論述，「實質上具備了非常重大的政治意義：它們否定了大陸的文學史論述」[8]，徐訏所針對的是五十年代至文革期間中國大陸所出版的文學史當中的泛政治論述，動輒以「反動」、「唯心」、「毒草」、「逆流」等字眼來形容不符合政治要求的作家；所以王宏志最後提出《現代中國文學過眼錄》一書的「非政治論述」，實際上「包括了多麼強烈的政治含義」。這政治含義，其實也就是徐訏對時代主潮的回應，以「新個性主義文藝」所倡導的獨立、

6 徐訏〈新個性主義文藝與大眾文藝〉，收錄於《現代中國文學過眼錄》，台北：時報文化，一九九一。

7 王宏志〈心造的幻影——談徐訏的《現代中國文學的課題》〉，收錄於《歷史的偶然：從香港看中國現代文學史》，香港：牛津大學出版社，一九九七。

8 同前註。

自主和覺醒，抗衡時代主潮對作家的矮化和宰制。

《現代中國文學過眼錄》一書顯出徐訏獨立的知識份子品格，然而正由於徐訏對政治和文藝的清醒，使他不願附和於任何潮流和風尚，難免於孤寂苦悶，亦使我們從另一角度了解徐訏文學作品中常常流露的落寞之情，並不僅是一種文人性質的愁思，而更由於他的清醒和拒絕附和。一九五七年，徐訏在香港《祖國月刊》發表〈自由主義與文藝的自由〉一文，除了文藝評論上的觀點，文中亦表達了一點個人感受：「個人的苦悶不安，徬徨無依之感，正如在大海狂濤中的小舟。」[9]放諸五十年代的文化環境而觀，這不單是一種「個人的苦悶」，更是五十年代一輩南來香港者的集體處境，一種時代的苦悶。

三

徐訏到香港後繼續創作，從五十至七十年代末，他在香港的《星島日報》、《星島週報》、《祖國月刊》、《今日世界》、《文藝新潮》、《熱風》、《筆端》、《七藝》、《新生晚報》、《明報月刊》等刊物發表大量作品，包括新詩、小說、散文隨筆和評論，並先後結集為單行本，著者如《江湖行》、《盲戀》、《時與光》、《悲慘的世紀》等。香港時期的徐訏也有多部小說改編為電影，包括《風蕭蕭》（屠光啟導演、編劇，香港：邵氏公司，一九五四）、《傳統》（唐煌導演、徐訏編劇，香港：亞洲影業有限公司，一九五五）、《痴心井》（唐煌導演、

[9] 徐訏〈自由主義與文藝的自由〉，收錄於《個人的覺醒與民主自由》，台北：傳記文學出版社，一九七九。

王植波編劇，香港：邵氏公司，一九五五）、《鬼戀》（屠光啟導演、編劇，香港：麗都影片公司，一九五六）、《盲戀》（易文導演、徐訏編劇，香港：新華影業公司，一九五六）、《後門》（李翰祥導演、王月汀編劇，香港：邵氏公司，一九六〇）、《江湖行》（張曾澤導演、倪匡編劇，香港：邵氏公司，一九七三）、《人約黃昏》（改編自《鬼戀》，陳逸飛導演、王仲儒編劇，香港：思遠影業公司，一九九六）等。

徐訏早期作品富浪漫傳奇色彩，善於刻劃人物心理，如〈鬼戀〉、〈吉布賽的誘惑〉、〈精神病患者的悲歌〉等，五十年代以後的香港時期作品，部份延續上海時期風格，如《江湖行》、《後門》、《盲戀》，貫徹他早年的風格，另一部份作品則表達歷經離散的南來者的鄉愁和文化差異，如小說《過客》、詩集《時間的去處》和《原野的呼聲》等。

從徐訏香港時期的作品不難讀出，徐訏的苦悶除了性格上的孤高，更在於內地文化特質的堅守，拒絕被「香港化」。在《鳥語》、《過客》和《癡心井》等小說的南來者角色眼中，香港不單是一塊異質的土地，也是一片理想的墓場、一切失意的觸媒。一九五〇年的《鳥語》以「失語」道出一個流落香港的上海文化人的「雙重失落」，而在《癡心井》的終末則提出香港作為上海的重像，形似卻已毫無意義。徐訏拒絕被「香港化」的心志更具體見於一九五八年的《過客》，自我關閉的王逸心以選擇性的「失語」保存他的上海性，一種不見容於當世的孤高，既使他與現實格格不入，卻是他保存自我不失的唯一途徑。[10]

徐訏寫於一九五三年的〈原野的理想〉一詩，寫青年時代對理想的追尋，以及五十年代從上

[10] 參陳智德《解體我城：香港文學1950-2005》，香港：花千樹出版有限公司，二〇〇九。

海「流落」到香港後的理想幻滅之感：

多年來我各處漂泊，
唯願把血汗化為愛情，
遍灑在貧瘠的大地，
孕育出燦爛的生命。

但如今我流落在污穢的鬧市，
陽光裡飛揚著灰塵，
垃圾混合著純潔的泥土，
花不再鮮豔，草不再青。

海水裡漂浮著死屍，
山谷中蕩漾著酒肉的臭腥，
潺潺的溪流都是怨艾，
多少的鳥語也不帶歡欣。

茶座上是庸俗的笑語，

市上傳聞著漲落的黃金，
戲院裡都是低級的影片，
街頭擁擠著廉價的愛情。

此地已無原野的理想，
醉城裡我為何獨醒，
三更後萬家的燈火已滅，
何人在留意月兒的光明。

「原野的理想」代表過去在內地的文化價值，在作者如今流落的「污穢的鬧市」中完全落空，面對的不單是現實上的困局，更是觀念上的困局。這首詩不單純是一種個人抒情，更哀悼一代人的理想失落，筆調沉重。〈原野的理想〉一詩寫於一九五三年，其時徐訏從上海到香港三年，由於上海和香港的文化差距，使他無法適應，但正如同時代大量從內地到香港的人一樣，他從暫居而最終定居香港，終生未再踏足家鄉。

四

司馬長風在《中國新文學史》中指徐訏的詩「與新月派極為接近」，並以此而得到司馬長風的正面評價，[11]徐訏早年的詩歌，包括結集為《四十詩綜》的五部詩集，形式大多是四句一節，隔句押韻，一九五八年出版的《時間的去處》，收錄他移居香港後的詩作，形式上變化不大，仍然大多是四句一節，隔句押韻，大概延續新月派的格律化形式，使徐訏能與消逝的歲月多一分聯繫，該形式與他所懷念的故鄉，同樣作為記憶的一部份，而不忍割捨。

在形式以外，《時間的去處》更可觀的，是詩集中〈原野的理想〉、〈記憶裡的過去〉、〈時間的去處〉等詩流露對香港的厭倦、對理想的幻滅、對時局的憤怒，很能代表五十年代一輩南來者的心境，當中的關鍵在於徐訏寫出時空錯置的矛盾。對現實疏離，形同放棄，皆因被投放於錯誤的時空，卻造就出《時間的去處》這樣近乎形而上地談論著厭倦和幻滅的詩集。

六七十年代以後，徐訏的詩歌形式部份仍舊，卻有更多轉用自由詩的形式，不再四句一節，隔句押韻，這是否表示他從懷鄉的情結走出？相比他早年作品，徐訏六七十年代以後的詩作更精細地表現哲思，如《原野的理想》中的〈久坐〉、〈等待〉和〈觀望中的迷失〉、〈變幻中的蛻變〉等詩，嘗試思考超越的課題，亦由此引向詩歌本身所造就的超越。另一種哲思，則思考社會和時局的幻變，《原野的理想》中的〈小島〉、〈擁擠著的群像〉以及一九七九年以「任子楚」

[11] 司馬長風《中國新文學史（下卷）》，香港：昭明出版社，一九七八。

為筆名發表的〈無題的問句〉，時而抽離、時而質問，以至向自我的內在挖掘，尋求回應外在世界的方向，尋求時代的真象，因清醒而絕望，卻不放棄掙扎，最終引向的也是詩歌本身所造就的超越。

最後，我想再次引用徐訏在《現代中國文學過眼錄》中的一段：「新個性主義文藝必須在文藝絕對自由中提倡，要作家看重自己的工作，對自己的人格尊嚴有覺醒而不願為任何力量做奴隸的意識中生長。」[12]時代的轉折教徐訏身不由己地流離，歷經苦思、掙扎和持續的創作，最終以倡導獨立自主和覺醒的呼聲，回應也抗衡時代主潮對作家的矮化和宰制，可說從時代的轉折中尋回自主的位置，其所達致的超越，與〈變幻中的蛻變〉、〈小島〉、〈無題的問句〉等詩歌的高度同等。

＊陳智德：筆名陳滅，一九六九年香港出生，台灣東海大學中文系畢業，香港嶺南大學哲學碩士及博士，現任香港教育學院文學及文化學系助理教授，著有《解體我城：香港文學1950-2005》、《地文誌——追憶香港地方與文學》、《抗世詩話》以及詩集《市場，去死吧》、《低保真》等。

12 徐訏〈新個性主義文藝與大眾文藝〉，收錄於《現代中國文學過眼錄》，台北：時報文化，一九九一。

目次

苦果

黯淡的原野中，
到處流著月光；
濃鬱的樹林裡，
到處有紅有黃。

在有泥的地上，
人人種麻種桑；
長夜的房中，
家家有燈有床。

而我則夢在天涯，
身在四海流浪；

無人知我的心頭，
載浮著多少創傷。

人說我有話該說，
人說我有歌該唱，
但人人的耳中裝滿舊調，
一切的新詞都是瘋狂。

多少人間的苦果，
萬千的蟻螻都已先嘗，
莫笑我曾經服毒，
這因為毒藥的外面是糖。

一九五〇，五，一七。車上。

懸崖絕壁間

在中世紀的教律下，
聲響就是異端的話語；
如今在美麗的詞藻前，
無聲成了外教的證據。

在駭浪怒濤的生涯中，
多少的驚險我都曾遭遇，
唯有在沉悶的天空下，
我擔心隨時的雷雨。

生命在流浪中消耗，
疾病是我唯一的憂慮；

誰說廣播的話兒真於夢囈，
聰敏的預言也不勝於愚。

那麼那遙遠的舊道場，
你已經不願回去；
難道懸崖絕壁間，
你還要建築你的廟宇？

一九五〇，六，三一。香港。

為誰

到底春天的花兒為誰？
到底秋天的果兒為誰？
那一年四季的月圓月缺，
淒照著大地又是為誰？

渾圓的地球都是我家，
走遍了天涯無處依歸，
看長街短巷的牆下，
有蔭的地方都有人睡。

新地遍唱故園的歌曲，
多少的旅人為此流淚；

淡眼看盡了滄桑世事，
隨地是落魄的豪貴。

南國有多少佳夕，
都未見你有酒攜歸，
難道大橋小間，
你偷飲得酩酊大醉？

一九五〇，七，三。香港。

止水

像旱河初潮的游魚，
像冬眠初醒的蟲兒，
我從憂鬱的都市，
到曠漠的大地流浪。

在蕭條靜寂的清晨，
穿過深鬱的樹林，
我到處聽到蟲兒低語，
也到處有鳥兒掛著歌唱。

而深沉淒涼的夜晚，
逗留於黯淡的狹谷，

我仍看到閃閃的溪流，
與燦爛無邊的星光。

從此我心如止水，
聽憑風打露溼，
我感到無窮的天際，
有愛有夢有希望。

一九五〇，六，三一香港。

駐歇

像一朵白雲，
越高山崇嶺，
無處休息。

仿佛掠過了，
車影舟光，
鬢已如雪。

我奔波栗六，
感流年如水，
無人憐惜。

而多少夢痕，
在心頭閃耀，
竟燦爛如昔。

此去山高水長，
無數的道路，
崎嶇難識。

但哪裡有光，
有夢有愛，
我就在哪裡駐歇。

一九五〇，六，三一。香港。

慰病

是為陽光的焦灼，
風雨的侵蝕？
你病了，
像一朵花的倦息。

是鄉愁的悽切，
是旅心的空虛？
你病了，
有白鴿般的嘆息。

想獻你一束鮮花
聊作你夢魂的慰藉。

但你說，
花落就是你傷心時節。
那麼該有舊識的白鴿
帶你懷念的信息，
它告訴你：
有愛的地方就該駐歇。

一九五〇，七，二一。香港。

情詩

只要有一天，
我在你身邊，
聽你心的跳躍，
校正了我生命的韻律，
那將是我的復活。

只要有一天，
我在你的面前，
望你眼睛的閃耀，
點燃我已枯的生命，
那將是我新生的光明。

只要有一天，
我在你純潔的唇邊，
聽它的顫動，
吐露我心底的話語，
那將重賦我生命的意義。

只要有這一天，
它在任何季節中，
都是花開的春季，
沒有人知道它的遠近，
但能告訴我的是你。

一九五〇，五，二一。香港。

原始的森林

望層山層霧，
悟往事如雲，
多年的低徊哀怨，
竟都是無病呻吟。

遠矚紅塵萬里，
幾人免飢寒飄零，
鐵蹄烽火中，
廣大的田野難尋人影。

我無權支配自己，
無力挽回命運，

看紅花冉冉地開，
落日低低地沉。

未降生萬年前的今日，
我難為天邊的紫星，
如今我凝望碧綠，
願化作原始的森林。

一九四九，二，二八，夜。甬。

祝辭

這裡是你的聖經，
聖經上是你的祝辭，
還有你家傳的指環，
縈繞著我的手指。

此外我心上是你的吻，
耳中是你的誓，
還有天空的雲彩，
是我給你的名字。

這難道也該不信——
你頭上長長的髮絲，

象徵著愛的綿延，
永遠期待著會面的日子。

一九四五，八，二四。紐約。

山影的寥落

在無邊的海中，
西方的落日浮沉得
像顆跳躍的心，
在無定的情感中
顫抖、掙扎、飛遁，
而終歸於死滅。

點點的星斗，
在複褶的雲層裡
推擁、隱顯、顛波，
像一個熟識的臉
在我記憶裡

奔騰、旋轉、掀起，
而終於隱絕。

青山的瘦影，
在遙遠的海邊，
望西帆東歸，
東帆西去，
滿懷是千古的盛衰，
歌舞哀號的變幻，
與無數無數的掌故，
未能寄走它一分寂寞。

我遙望天際，
念多少年華，
消磨在舟車中，
任海浪奔騰沖擊，
洗不盡我的記憶；
還有記憶裡的哀怨，

祈求，懺悔與自責，
以及千倍於山影的寥落。

一九四七，七，四。上海。

輪迴

看晚景如畫，
依樓頭獨醉，
舊識的星星，
點點如睡。

念來人已去，
去人已回，
斑斑的雲彩
朵朵都碎。

殘花已落，
苞蕾未開，

在這樣的夜裡，
留在園中的有誰？

天色已明，
夜景已逝，
曉風吹走了星星，
人間還是不斷地輪迴。

一九四七，一一，二〇。甬。

唯一的伴侶

踏著未枯的落葉，
背著夕陽，在山道中，
影子是我唯一的伴侶。

繞著棕色的島巖，
對著白雲孤帆，那迴翔的
海鷗說過多少的話語。

遙望無垠的大海波起波伏，
映照空漠的天空雲聚雲散，
光的流落都是星辰的故居。

殘垣斷牆前我未敢遺忘，
老了的都市，枯了的河流，
都曾繫縈過錦舟香車。

一九五〇，七，二九。香港。

真空

在這塊青天下，黃土上，
樹沒有皮，草沒有根，
風挾著陰厲的沙石，
雨掀起腥臭的毒霧。

顫抖的難民們
在巖縫山側蠕動，
像是泥土下的枯骨，
復活後到世上謀生。

殘戮的人屍，
癘疫的冤魂，

靜候那飢鷹餓狼，
在月下追尋，攫爭。

滿地是枯草焦木，
漫天是霧層雲層，
沒有昆蟲還有力啼吟，
也沒有禽獸還能夠生存。

一九四七，一一，九。甬。

我的家

我的家遙遠得，
同一切人間想像的，烏托邦
一樣遙遠。

我的家是空洞的，
同穴居時代的山窟
一樣空洞。

寄存在友人處，
塵封在閣樓上，
有我祖父的畫，

畫裡有煙囪與園圃，
亂堆的書籍杯碟與搖籃，
那應相信是我的家。

一九四七，一〇，三〇。甬。

手攜手

在陰森漆黑的夜裡，
手攜手，我們走向光明，
在昏沉的睡夢裡，
手攜手，我們走向清醒。

我們從黝黑的寂寞中，
走向安慰與歡欣，
負著悲苦的遭遇，
走向真實的生命。

手攜手，我們朝前走去，
走哪一種路會遇著哪一種人，

穿過哪一種顏色的雲層
就會看到哪一種光芒的星星。

我們逢人招呼，逢星點首，
迄未敢在溫暖中留停，
這因為我們有未定的夢，
手攜手，我們走向光明。

我們走過燦爛的園地，
醜惡的人群與混沌的愛，
踏過荊棘滿地的路途，
尋一個安詳愉快的命運。

我們從無始的過去，
走向無終的未來，
我們沉默著，手攜手，
從一個夢境走到另一個夢境。

一九四八，一二，二〇。甬。

遙遠的夢

夢是遙遠的。
但我的夢本在心底，
如今長大了，
它飛向遙遠的天堂。

我珍惜，愛護，
為追求自由，它飛向天空。
但在遙遠的天邊，我知道，
它還承認它是我的夢。

為憎我心中的悽寂黯淡，
為尋覓光明，它飛向天空。

但在縹緲模糊的遠方，
我仍知道它是我夢。

它在我心底伴同
我思想與情感生長，
像果子熟了的自落；
它就飛向遙遠的天空。

無法接近，無法招呼，
無法召回到我的心底，
像是我親生的孩子，
長大了就有自己的天空。

夢是遙遠的，
但是它是——
因我過分珍惜的疏忽，
飛到了遙遠遙遠的天空。

一九四八，一二，一二，夜。甬。

鮮花

在遠僻的山側，
曾有朵嬌豔的花，
但無人知道她色，
也無人知道她香。

她懷著難忍的寂寞，
求秋風與流水，
送她到有伴侶，
有溫暖有感覺的家鄉。

但那時她色香都變，
無人認識她的嬌豔，

無人注意她的來處，
也無人對她惋惜憫憐。

秋城裡有的是紙花，
供人們欣賞與玩耍，
只有少數寂寞的人，
珍貴那飄零的一瓣鮮花。

一九四七，一一，二二。甬。

黯淡的旅途

一夜風雨蕭瑟，
掃盡了樹上青翠，
如今誰記得春訊來時，
滿樹的雀鳴鶯飛。

范蠡挾西施遨遊，
時光中紅粉難道未衰，
神像倒後聽風雨摧蝕，
已進的香火從未回。

大地的氣息如酒，
昊天的呼聲如雷，

疲倦了的猛獸厲禽人類，
這時候難道還不想歸？

莫貪戀昨宵酒醉，
今夜還有夢未碎，
在黯淡的旅途中，
聲聲的歡歌都是淚。

一九四七，一二，一三。甬。

五彩的衣飾

誰為一件五彩的衣飾，
出賣了朝霞與落日，
多少謊語的旖旎，
辜負了春秋佳節。

人類的願望如火如焰，
把有限天賦的靈性毀滅；
人人學會了假笑假哭，
還有是無謂的嘆息。

夕陽西沉後萬籟俱寂，
也散盡無數狂蜂浪蝶，

圍繞田園的是野狗群狐，
殘瓦短籬邊是陰陰的鬼泣。

白天扮演盡人間的虛偽，
人人夢裡都含著嗚咽，
黃金難買寂寞的良藥，
臨死帶走了一切的祕密。

一九四九，一〇，一。甬居。

可數的冬天

清淨清淨的夜，
寂寞寂寞的天，
疏落的樹林中，
透露了星星兩三點。

悠長悠長的雁聲，
哀怨哀怨的蛩鳴，
帶著疲倦了的風，
投入了旅人的枕邊。

層層的落葉在泥上
喘息，吐盡了纏綿；

在禽獸與人類的蹂躪下，
顫慄著死的掙扎與生的留戀。

如許困難的日子，
消磨了如水的流年，
但還須用剩餘疲乏的心情，
去忍耐那可數的冬天。

一九四九，一一，四。甬居。

莫說

光明快到的時候，
可能突然黑暗，
希望將實現時，
可能仍變成死灰。

半開的花朵，
可能立時枯萎，
多少的風雨，
打落的都是蓓蕾。

但黑暗滿佈的天空，
霎時也會透露光輝，

沙漠的深處，
也佈置著有草有水。

無數迷途的羔羊，
曾在絕望中得到依歸，
莫說是一個無主的心靈，
在懺悔中不能安睡。

一九四九，一二，二[illegible]。甬居。

怨艾

在這淒涼的夜裡，
有誰在翹首期待，
期待蟋蟀吐盡了冤苦，
鷓鴣訴盡了悲哀。

園裡的紅花已盡，
原野的綠色已衰，
江上的秋風初緊，
已掃盡天邊的雲彩。

燕子去後無消息，
冷落的泥樑空在，

如今浩闊的天庭，
專期待新雁歸來。

潺潺的河流入江，
江流又潺潺入海，
如許奔騰的消息，
竟未洩漏人間的怨艾。

一九四九，一〇，一一。甬。

秋聲

殘草邊，
是蛩鳴：
「都該冬眠，
都該冬眠！」

柏樹上，
是鳥啼：
「積糧加衣，
積糧加衣！」

風過處，
一聲聲
拍著樹葉：

「莫再留戀，
莫再留戀！」

明月已寒，
擁著雲絮無語，
唯有星星私議：
「這又是秋天，
這又是秋天！」

一九四九，一〇，一一。甬。

話兒曲

有些話兒高，
有些話兒低。
高話兒往往無聊，
低話兒常是神祕。

有些話兒香，
有些話兒甜。
香話兒上面常帶刀，
甜話兒下面也藏劍。

有些話兒黯淡，
有些話兒明朗，

有些話兒長著刺，
有些話兒塗著糖。

有些長話短說，
有些短話長談，
有些滿肚話無法說，
有些一句話說了半天。

有些話想說不能說，
有些話能說不想說，
些話可說不必說，
有些話根本不可說。

有些話說了也無益，
有些話不說反有利，
有些話是老生常談，
但值得人記在心裡。

還有些話兒響在席間，
頂喜歡人人注意；
而有些話吐在枕邊，
最不願旁人聽見。

世間還有花巧的演說，
以及政治家的宣言，
上臺時像是真話，
下了臺早就忘記。

此外情話兒多幻想，
衣缽話常是經驗，
外交話賣空買空，
生意話兜東兜西。

還有諂媚話人人愛聽，
寒暄話千古不移，

吹牛話明知是假，
但還要人信是真理。

而牢騷話百說不厭，
毀謗話損人利己，
是非話顛三倒四，
敷衍話拉東扯西。

世間常為一句話破財，
還為一句話喪命；
有人千語專博人一笑，
有人一言而為天下法。

有人天生舌戴蓮花，
有人學成口若懸河，
也有人年輕時豪語蓋天，
到老來靜默無言。

世間還有雄辯家，
把無理說成有理，
而情人們的盟約，
把話兒說得分外離奇。

此外遊子遠去的依依，
新婚夫婦的別離，
一生一世的親故，
顛波患難的友誼。

這些人都有話兒，
讓對方時時提起；
而最真的是天真的孩子，
沒有一句話不出自心底。

世上還有賣嘴的人們，
政客、星卜與娼妓，

把話兒說得天花亂墜，
只為名利與生計。

若說孤獨者一人自語，
睡夢中夜來癡囈，
都反映人類有萬種抑鬱，
長靠著滿腹語言。

人間有話千萬種，
代表了人類的分歧，
但歸根還有共同的人性，
交換翻譯了有同樣意義。

一生中人人說話萬千，
但一半都留老來的反悔，
還有一半也都是空話，
不說出也還是無罪。

偏偏人間要有留聲機，
把話兒記留在唱片，
當說話的人兒生分死離，
他的話還讓大家聽見。

世上還有電話無線電，
遠播話兒千萬里，
讓人們聽取新聞與意見，
假話謊話也當作真理。

人群中整天泛濫著話，
但很少的話兒有新意義，
最重要怕是臨死的話語，
而多數還埋在屍體的喉底。

一九四九，一〇，一〇。甬。

月下

擁擠的都市，
艱難生存，
淒涼月色下，
人影，人影！

閃動的燈光，
顫抖的樹葉，
習習海風裡，
悽清，悽清！

那個門嘆息，
那扇窗呻吟，

痛苦的人生，
清醒，清醒！
前浪退下來，
後浪擁上去，
層層的時間，
生命，生命！

一九五一，一，五，晨。香港。

羈絆

不計冬夏晴雨，
難較飛機輪船，
流浪四海間，
晝夜無分長短。

在悠長寂寞的道上，
難有同情的旅伴，
一路是荒漠平沙，
何來期盼的果園？

看近水已逝，
近山已遠，

狂風吹開雲層，
星光是唯一的溫暖。

但天黑了，總該回去，
人人都在窗口低喚。
太陽是從黑暗中生長，
希望原是人生的羈絆！

一九五一，一，五。香港。

日子

日子是沉重的，
它在我們身上遞壓，
隨著年齡的記錄增加，
或遲或早地將我們湮沒。

有疲倦的伴侶，生男育女，
在黯淡的地面下，
找一個狹窄的洞穴，
就可自慰為溫暖的家室。

在無數失敗的路上，
無人知道人生的貪欲；

失意於爭鬥火拼的場合，
自殺是最後的收獲。

在無底成功的途中，
無人知道英雄的寂寞，
當一切不能作為他的消遣，
殺人變成他最後的娛樂。

無數新生的生靈，
追隨先人的傳統與教育，
奔走於成敗得失，
決勝於炮火癘疫。

這因為長生術是騙人，
仙道原是神話的傳說，
天堂同家庭一樣空虛，
時間從未被生命征服。

一九五一，一，五。香港。

私語

疲倦的夜裡，
料峭的街頭，
黯淡的燈下，
是我疲倦的
無依的人影。

望山色海光，
浮蕩在風中的
是灰霧白雲。
浩渺的大氣裡
竟都是秋情。

在這樣的夜裡，
沒有昆蟲在路角，
也沒有一隻鳥
從天空中掠過，
低呼我的姓名。

那我總該靜聽，
那亙古未變的
紫星藍星，在私語
渾沌的天地
萬年前的舊情。

一九五一，一，七，晨初。香港。

末日

感嘆淡漠的過去無從珍惜，
枉想渺茫的將來何處探尋。
自慰夏天總較冬天溫暖，
又信冬天也會比夏天清淨。

莫說就地的教徒不夠忠誠，
難道遠來的和尚都會唸經？
河東的月亮未必圓過河西，
去年的太陽幾曾比今年光明？

誇稱將來的子孫比現在享福，
原子指揮的世界可有千倍文明，

但整個地球已在時代面前戰慄，
竟無人憐惜目前千萬的生靈。

人類的歷史難道已交末日？
一切的賭博只憑機會與命運，
最響的謊話就成不破的真理，
不散的夫妻也算永生的愛情。

一九五一，一，七，初晨。香港。

旅途上

沒有人會相信：
我在黑暗中摸索，
飢寒、落寞、孤零；
登萬仞高山，
就為一曲鳥鳴。

也無人會記得：
我長夜不眠，
守藍雲灰雲，
癡望著天邊，
就為那點孤星。

那麼我何需
再叫人知道，
在黯淡的人生中，
我寂寞地期待
杳渺的音訊。

更不必訴說，
在匆匆的旅途上，
我穿什麼樣衣服，
懷著什麼樣的夢，
走哪一條路徑。

一九五一，一，七，晨。香港。

真偽

燦爛的大地，
旋轉的星球，
萬物的點綴，
在生存自由與平等中，
我們學習了醜與美。

多少生離死別
新愛舊歡的相會，
得失成敗憂苦與快樂，
我們嘗到了笑與淚。

千萬年的歷史，
記載著苦難的人類，

創造、掙扎、爭鬥，
我們劃分了功與罪。

如今難道要有
無數生靈塗炭，
萬千建築化灰，
才能證明
一個無據公式的真偽？

一九五一，一，七，下午。香港。

近水遠山

近水浮去點點的白帆，
遠山吞掩層層的輕雲，
枯了的池塘難有魚蹤，
倒了的小樓再無人影。

燕子歸去後，樑泥間
空鎖難忘的春情。
鴿房是淒涼的所在，
當無數的鴿子都已散盡。

逝去的愛，幻滅了的夢
像舊識的墳墓漸漸夷平，

偶然在回憶懺悔訴說，
也無法再使自己相信。

香車錦舟，風雨中寄存
歷史上無數兒女的癡情，
如今都變成可笑的故事，
在市場的酒餘飯後傳聽。

莫說多少風雲中的英雄，
僅留下黯淡的姓名，
就是宇宙間的星辰，
也未曾有過不變的光明。

佛曆二五一五，一，一五。香港。

遐想

謝了的玫瑰，
枯了的幽蘭，
已無過去的清香。

空了的小樓，
倒了的窗櫺，
裡面再不透光亮。

老了的葡萄，
霉了的禾黍，
無法再製佳釀。

逝去的愛情，
幻滅了的夢，
留下的只是惆悵。

過去，那青青的山，
茫茫的海水，
都會引起我的想像。

如今對燦爛的天空，
熠熠的星辰，
我竟會毫無遐想！

一九五一，一，一五。香港。

歲尾

在這黯淡的歲尾，
遙望下半世紀的開端，
人說這可怕的年頭，
它是人類命運的決算。

多少愛恨的交替，
難結舊知成新歡，
初喜爭執化為和談，
終驚冷戰變為熱戰。

獅虎搏擊兔鹿，
鯊鯨漫吞章鰻；

一切互助互愛的智慧，
竟未將遺留的蠻性變換。

巨浪掩蓋細浪，
大聲壓蔽小聲，
人造的理論與口號，
捲走了良知的呼喚。

英雄揮著長鞭，
奴隸吼著殘喘。
狂呼自由平等和平，
輕許天國的樂園。

一切生產成軍火，
一切教養是宣傳，
所有炮灰的光榮，
難買生命的哀怨。

等世界變成瓦礫，
人群該還有祈願。
那時當信人間的和諧，
還在謙遜寬容與慈善。

一九五〇，歲尾。香港。

向哪裡去

向哪裡去，向哪裡去？

向有山的地方，
向有水的地方，
向夜晚的星月，
向清晨的曉光。

向有生的地方，
向有色的地方，
向紅花，向綠葉，
向白蓮點點的池塘。

向有雨的地方，
向有風的地方，
向白雲，向紅霞，
向大地茫茫的冰霜。

向哪裡去，向哪裡去？

向有鳥的地方，
向有人的地方，
聽哀號，聽嘆息，
聽喜怒哀樂的歌唱。

向有神的地方，
向有王的地方，
聽一切地獄裡的冤魂，
低訴他們生前的瘋狂。

向流血的地方，
向流汗的地方，
匍匐在權威的腳下，
聽主人喜怒的賜賞。

向哪裡去，向哪裡去？

向熱鬧的市場，
向清淨的僧房，
行乞於人群的訕笑，
退隱於孤零的謙讓。

向沙漠，向原野，
向冬天的溫暖，
向夏天的涼爽，
向安寧的家居，
向自由的流浪。

向無神的地方，
向有愛的地方，
向那渺茫的夢，
寄居著平凡的希望。

一九五一，一，二八。香港。

長號短咒

長號短咒，
原來是祖傳的
古老的巫符。

長林落日前，
大圈小圈
都是依樣畫葫蘆。

空谷的回響，
都不是你自己
寂寞的低呼。

於是我頓悟——
那黑夜裡的吼叫
並不是豺狼猛虎。
是鐵門裡的犬吠，
背後有主人
長鞭的鼓舞。

一九五一，二，一〇。香港。

月光

月光，水一般的月光，
照在地上，照在牆上，
還照在我失眠的床上，
像是一只舊時的歌，
許久來已經遺忘，
今夕又重新叫我低唱。

沒有變，那不變的月光，
曾照在簾上，照在欄上，
照在小院的丁香樹上。
多少無邪在笑容，
在月光的影子下，
抒寫過幻想的狂妄。

同樣的，是同樣的月光，
曾照在異地，照在家鄉，
還照在茫茫的海洋，
多年來伴著我影子流浪，
用平靜清澈的胸懷，
靜觀變幻的世事渺茫。

月光，如水的月光，
照在窗上，照在桌上，
照在我倦讀的書上，
那麼，你難道也照著
我逝去的青春與夢？
它同你一樣，不變地
在探尋人生的無常。

一九五一，三，一一。香港。

微光

我走進油煙的房內，
像疲倦的靈魂回到墳墓，
陰暗、潮溼、窒悶，
微光是枯骨的燐火。

回顧漫長的人生過程，
多少的路徑我都已走錯，
明知道春天的萬花燦爛，
但我竟偏在冬天的樹影前蹉跎。

如許期待的歲月裡，
也有無數的步聲走過，

我竟不憐惜偶然的路人，
獨守著星星靜渡天河。

難避雞犬的紛擾，
孤獨成為可珍的寶座，
疲憊於會集的叫囂，
天堂是在黑暗裡高臥。

在狹窄擁擠的世上，
生命在苦痛中消磨，
人間原是暫時的，
竟充滿戰爭癘疫飢餓。

一九五一，三，一二。香港。

救生仙術

籬落裡犬少，
高廟前狼多；
無數的羔羊，
在深山幽谷中挨餓。

誰謂原野上馬肥，
都知田隴間牛瘦；
蒼鷹輕掠長空，
覆巢的鵪鴿無完卵。

群蜂齊去採蜜，
閑蠅潛居蜂窠；

還有雲聚山積的死屍，
是無人憐惜的蟻螻。

池中的水已涸，
游魚已成俘虜；
唯黃昏時有蝙蝠，
成隊地在天空婆娑。

問惜生的寺僧何在？
他遠在雲端訪閻羅；
閻羅有救生仙術，
謂先要吻遍骷髏。

一九五一，三，一二。香港。

已晚的悔悟

過去多少歲月
在飢寒流浪中消逝，
我從未注意
何處寄存我的年齡。

在燦爛的陽光下，
萬花如錦的世界裡，
千種的風光
我也都未曾留心。

但如今我悔恨已晚；
黯淡的鏡前，

點點的霜髮
已沾染我的兩鬢。

而故人的邂逅中，
偶然的寒暄裡，
總提起舊友故知
前後死亡凋零。

所以對層層的峰巒，
滾滾的海水，
我不再期待紅檣白桅
帶給我什麼音訊。

更不會在淡淡的雲下，
濛濛的細雨中，
希望有人會低呼
我久棄的小名。

一九五一，二，一八。香港。

荒漠的夜

荒漠的夜，
平靜的大地，
燦爛的世界
似已無生命。

虛掩的窗，
半閉的門，
也無處招尋春風，
使它發生一絲聲音。

空虛的心，
淒涼的旅情，

幽黯的燈光下
竟摸不到一個夢境。

時屆死寂，
雖滿園是花，
滿樹是鳥鳴，
也無人觀看諦聽。

那麼，那隱約的
混沌天籟，
到底是叫誰
在這時蘇醒。

我長夜失眠，
偶望天庭，
驚於無數星星
在靜候東方的天明。

一九五一，三，二二。香港。

夢境

夢境如山，
層峰疊巒；
夢到絕境，
峰迴路轉又是夢。
越過夢境，
仍是夢情；
千迴反覆，
百種升降，
要真個清醒，
已耗盡生命。
人生如海，
狂瀾怒濤；
歷盡滄桑，

一波未平一波起。
初度春潮，
又遇秋浪，
萬般婀娜，
千種曲折；
要風平浪靜，
恐已到海濱。

一九五一，三，二三。香港。

天譴

人說一切舊的都該換新，
但已舊的我則已經注定，
再不能有新的想像。

人說一切新色都有新光，
新花都有新的芬芳，
但喚起我的都是舊的惆悵。

過去的計劃都虛妄，
回憶的情誓都荒唐，
蜂蜜也未曾代替花香。

說是我有意違反天意，
用輝煌的華燈
緊接黯淡的夕陽。

那我也已經橫遭天譴，
注定我夜夜失眠，
永味那寂寞夜的淒涼。

一九五一，三，二五。香港。

熱鬧的人世

燦爛的天空，
沒有不散的雲彩，
熱鬧的人世，
沒有永久的存在。

你說有酒的地方，
都有人醉，
有樹的地方，
都有花開。

但有竈的地方，
並非都有糧，

有床的地方，
也不是都有情愛。

你說有光的路上，
都有伴侶歸來，
而明亮的月下，
竟還有孤雁徘徊。

在變幻的雲彩中，
該有永久的天空存在，
那麼，能相信那熱鬧的人世，
何計較於誰去誰來？

一九五一，四，六。香港。

靜夜

新月未上，
白雲已灰，
黯淡的星光
有綠色的恐懼。

鶺鴒東飛了，
杜鵑西歸；
冷落的空巢
無人幽居。

樹上無風，
花上無雨，

死寂的林間
何來鳥語。

念河岸濘滑，
山路崎嶇；
疲倦的旅途
無人來去。

我獨立蒼茫，
在悠悠天地間，
看來魂去魄，
滿載憂慮。

是飛蟲夜出，
他掠過我
清醒的鬢髮，
對我低語：

「寂寞的人，
莫留戀靜夜；
靜夜裡，
有原始的空虛。」

一九五一，四，一七。香港。

在我降生時

在我降生時，
天曾賦我耳目，
叫我對愛看的靜觀，
叫我對愛聽的諦聽。

天還賦我嗓音，
叫我喜時笑，
叫我悲時哭，
還叫我緊急時喊救命。

天還賦我靈魂，
叫我辨別是非、

善惡、美醜、真偽，
還叫我體驗愛情。

天還叫我憐憫
一切人間的苦難，
對殘暴憤怒，
對不平同情。

而如今你限制我觀看，
限制我自由的諦聽，
笑不許我太真切，
哭不許我太傷心。

你還不許我緘默，
對醜的要說美，
對假的要說真，
更不許我人道的憐憫。

你還教我虛偽，
對現實說夢，
對謊言說相信，
把肉麻當做愛情。

我受盡冷酷的迫害，
但你不但禁止我呻吟，
還要我露著笑容，
說你是我的神明。

一九五一，四，二四。香港。

凡人

一切飛的游的走的，
隨時都要回返大地；
一切美的醜的怪的，
最後都要化作塵泥。

生命歷盡了滄桑，
難謀菜飯與布衣；
我不問一切生的來歷，
也不求一切死的意義。

在這渾圓的世上，
到處有相同的天氣；

而曲折的社會中，
竟難有傾心的知己。

那麼莫怪我在旅途中，
對一切的理論懷疑；
這因為我是個凡人，
尋求的是溫暖與情誼。

一九五一，四，二九。香港。

我的朋友

我的朋友會珍貴我，
像偉大的音樂家
珍貴他特有的鋼琴。
他知道我吐抒的想像，
都來自他美麗的心靈。

他的笑容如和風春雨，
永遠灌溉著我心地的枯萎，
使我的青春重新
為他開燦爛的花卉，
點綴他豐富的生命。
他眼睛慈愛的光芒
會點燃我已滅的智慧，

使我辨認善惡美醜真偽，
在可怕的黑暗中見到光明。

他的耳朵會聽到我
在艱辛的路上跋涉的呻吟，
知道我在荒漠的夜裡
乾渴得成已啞的夜鶯；
於是他溫柔的手
會撫摸我的創傷，
告訴我他有不涸的心，
裡面有無盡的甘泉
滋潤我已啞的喉音，
重新抒唱我心底的愛情。

他會永遠勇敢地伴我
像影伴形，像光伴星，
他要創造我，
像海蚌孕育明珠，

把沙石點化成晶瑩。
他待我創造，
像原始的寶石，
待名匠琢磨出
耀日的光明。

在他虔誠的祈禱時，
他會在他自己的名字旁，
安置我的姓名，
叫我永遠對他相信，
他願在他無邪的唇中，
寄存我無依的生命。

一九五一，四，二二。香港。

曉感

灰黯的死水上，
漂蕩著無著的浮萍，
朦朧的夜色裡，
浮動著無根的星星。

我在這世界上顛沛，
曾沾惹無愛的癡情；
在那人間的泥沼中，
湮沒了疲倦的年齡。

多少的大街小街，
注定著人類的命運，

而熙攘的市場上，
出賣的是亂世的生命。

那何怪在浩漠的大地上，
無人在沙漠中諦聽，
那無風無雨的夜裡，
有無聲的聲音。

就是在破曉的清晨，
也無人在地球上注意，
那無星無月的天空，
有無色的光陰。

一九五一，五，二八。香港。

書眉篇

十一世紀的歐洲，
在進香的路上，
教堂的門首，
有高唱自編的歌曲
伴著大提琴的歌手。
如今世界的都市裡，
也還有流落的琴手，
在隱晦晴雨的清晨，
對寂寞的窗口，
或者在黃昏與深夜，
對寥落的咖啡座，
唱自己心底的哀怨，
與人間各種的悲愁，

他們都在求人們欣賞，
為慘淡的稻粱圖謀。
也還有未登廟堂的畫家，
把作品攤在巴黎、羅馬、
維也納、馬德里的街頭，
在往還的過客中，
求一二愛好者購收，
或者為善男信女
畫一幅肖像求一點報酬。
此外，在孟買，在耶路撒冷，
在埃及，在土耳其或阿拉伯，
在一切世界的名城與海口，
有多少會魔術的吉卜賽人，
手玩蟒蛇青蛇綠蛇的印度人，
向遊客與旅人獻藝，
為謀低卑的生活與些微的自由。
不用說，中國有無名的藝人，
在市角、橋邊、渡頭、亭畔，

用麵、糖、陶土、野草、殘竹，
塑編玲瓏的人物飛禽走獸，
向路人與過客廉價兜售。
至於殘燈港泊的船艄，
雞鳴山鄉的茅店，
你更不難碰到孤女盲丐，
手握冊板、胡琴與小鑼，
唱淒涼落寞的歌曲，
說平凡無奇的故事，
來安慰你惆悵與哀愁。
此外，你總也見過告地狀的同胞，
用白堊寫命運的波折，
與他身世的慘遇，
求慈善的人們一點憐卹。
這些都是行乞的事業，
也就是我現在的生活，
向你們唱人間的悲歡，
與葬在我心底的歌曲，

求善男信女們一點捨施，
謀在擁擠的英雄高僧間，
得卑微的生命與呼吸。

一九五〇，七，七。香港。

徐訏文集・新詩卷6　PG2716

輪迴

作　　者　　徐　訏
責任編輯　　陳彥儒
圖文排版　　陳彥妏
封面設計　　王嵩賀

出版策劃　　釀出版
製作發行　　秀威資訊科技股份有限公司
　　　　　　114 台北市內湖區瑞光路76巷65號1樓
　　　　　　電話：+886-2-2796-3638　傳真：+886-2-2796-1377
　　　　　　服務信箱：service@showwe.com.tw
　　　　　　http://www.showwe.com.tw
郵政劃撥　　19563868　戶名：秀威資訊科技股份有限公司
展售門市　　國家書店【松江門市】
　　　　　　104 台北市中山區松江路209號1樓
　　　　　　電話：+886-2-2518-0207　傳真：+886-2-2518-0778
網路訂購　　秀威網路書店：https://store.showwe.tw
　　　　　　國家網路書店：https://www.govbooks.com.tw
法律顧問　　毛國樑　律師
總 經 銷　　聯合發行股份有限公司
　　　　　　231新北市新店區寶橋路235巷6弄6號4F
　　　　　　電話：+886-2-2917-8022　傳真：+886-2-2915-6275

出版日期　　2021年12月　BOD一版
定　　價　　200元

讀者回函卡

Printed in Taiwan

國家圖書館出版品預行編目

輪迴/徐訏著. -- 一版. -- 臺北市 : 釀出版,
2021.12
面；　公分. -- (徐訏文集. 新詩卷 ; 6)
BOD版
ISBN 978-986-445-574-4(平裝)

851.487　　110019693